Dominante Nazi-Gevangenbewaarder

Overheersing en erotische onderwerping

Erika Sanders

ERIKA SANDERS

Dominante Nazi-Gevangenbewaarder

Erika Sanders
Serie
Overheersing en erotische onderwerping

Korte inhoud

Parijs eind 1940.

Gestapo-hoofdkwartier.

De afdeling FEM1 is de afdeling waar de onder druk staande vrouwen die door de Gestapo zijn opgepakt, worden verhoord.

Vicky is het hoofd van een afdeling die uitsluitend bestaat uit wulpse vrouwen die op de hoogte worden gebracht van de komst van een nieuwe gevangene ...

Dominante Nazi-Gevangenbewaarder is een roman met een sterk erotisch BDSM-gehalte en, op zijn beurt, een nieuwe roman die behoort tot de Erotic Domination-collectie, een serie romans met een hoog romantisch en erotisch BDSM-gehalte.

(Alle personages zijn 18 jaar of ouder)

Opmerking over de auteur:

Erika Sanders is een bekende internationale schrijfster, vertaald in meer dan twintig talen, die haar meest erotische geschriften, ver van haar gebruikelijke proza, ondertekent met haar meisjesnaam.

Inhoudsopgave

DOMINANTE NAZI-GEVANGENBEWAARDER ERIKA SANDERS

Gestapo-hoofdkantoor in Parijs

Afdeling FEM1

Woensdag 30 oktober 1940 8.00 uur in de ochtend.

Ik werd abrupt wakker en had overal pijn.

De spieren in mijn nek deden me kapot en ik voelde me duizelig.

Het ochtendlicht stroomde door het raam en verlichtte mijn bureau en mijn gezicht.

Ik sloot mijn ogen en wreef er hard over.

Ik moet van de ene op de andere dag in slaap zijn gevallen terwijl ik een aantal rapporten doornam die de dag ervoor waren binnengekomen.

Een blik in de spiegel onthulde het vermoeide gezicht van een schattig negentienjarig meisje met donkerbruine ogen en haar dat eruitzag alsof ze al dagen niet genoeg slaap had gehad.

Helaas liegt de spiegel nooit.

Hij had de afgelopen drie weken elke dag vijftien uur gewerkt vanwege het feit dat er een grote spionagekring was blootgelegd.

Mijn vader stond erg hoog in de hiërarchie van de nazi-partij in Berlijn en als gevolg daarvan werd ik benoemd tot stafchef van de FEM1-afdeling van de Gestapo in Parijs.

Onze afdeling bestond alleen uit vrouwen en was verantwoordelijk voor het verhoren van gevangen vrouwen.

Mijn rang was luitenant en onder mijn directe bevel waren er twee sergeanten, Michelle en Kat, beiden in de twintig.

Michelle was Frans met lang donker haar en prachtige doordringende ogen.

Haar glasmaat was 90 ° C, net als die van Kat, en ze was slank en atletisch.

Aan de andere kant was Kat Nederlands met lang blond haar, blauwgroene ogen en perfecte kuiten.

Ze was een paar centimeter langer dan Michelle en woog een paar kilo zwaarder.

Ze hadden allebei grote strakke konten en de langste benen in Parijs die ik kende.

Ik was een beetje groter Kat en mijn glasmaat was 95 B.

Een blik op mijn bureau onthulde de aanwezigheid van een nieuw document.

Iemand moet het tijdens mijn pauze hebben binnengebracht en daar achtergelaten.

Het document betrof de overbrenging van een gevangengenomen vrouw die tijdens een Gestapo-inval was betrapt, naar een Parijse café.

De gevangene in kwestie bleek een vijfentwintigjarige Amerikaanse staatsburger te zijn, woonachtig in New York, en ze was ... zwart?

Ik fronste meteen mijn wenkbrauwen en vond dat heel interessant aan het worden.

Het bestand dat bij het document was gevoegd, zei dat hij het onderwerp moest ondervragen en alle waardevolle informatie met alle beschikbare middelen moest extraheren.

Ik pakte de telefoon en beval Kat en Michelle om zich om te kleden en mij te ontmoeten in de kelder.

Ik veranderde ook snel en ging de trap af die naar de kelder leidde.

Michelle en Kat waren er al, gekleed in hun "ondervragings" outfits.

Ze droegen allemaal een zwart leren masker met openingen voor de ogen, neus en mond.

Hun haar zat vast in een paardenstaart achter hun hoofd.

Zwartleren korsetten sloten zich om hun slanke lichamen, waardoor hun blote borsten leken op twee vlezige bergtoppen.

Ze droegen zwarte leren handschoenen op hun ellebogen en om hun rechterarm was een rood-witte elastische band met een zwarte swastika in het midden.

Kleine zwarte leren koordjes, bijna onbestaande, bedekten hun kruis en lieten hun konten volledig onbedekt.

Ze droegen allebei zwarte nylon kousen en Wehrmacht-laarzen.

'Breng de gevangene binnen en bind haar handen in die hangende kettingen,' beval ik.

"Ha, mijn Meesteres" riepen ze allebei uit.

Ze brachten haar naar binnen en bonden haar handen vast door ze aan de bungelende kettingen op te tillen.

Ik nam mijn tijd en inspecteerde het grondig van boven naar beneden.

Hij leek niet meer dan anderhalve meter lang en ongeveer zestig kilo.

Haar amandelvormige zwarte ogen weerkaatsten het kunstlicht uit de kelder als magische spiegels, en haar neus was een typisch Afrikaanse Amerikaan.

Een vrij grote mond met vlezige, weelderige natte lippen verraadde haar ongebreidelde verlangen naar oraal genot.

Haar schouderlange zwarte haar was lang en steil met aan het eind lange krullen.

Ze droeg een lange, strakke gele bloemenjurk die de perfecte afmetingen van haar lichaam benadrukte.

Al met al was ze een klein chocolademeisje en ik was er zeker van dat mijn meisjes naar hun zin van dit exotische gerecht zouden genieten, aangezien ze nog nooit de gelegenheid hadden gehad om mensen van kleur te ontmoeten.

"Ik zou graag willen dat je me informeert over de reden voor mijn arrestatie. Ik ben Amerikaans staatsburger en je hebt niet het recht om me hier vast te houden. De omstandigheden van mijn detentie zijn absoluut schandalig. Ik heb al vele uren niet geslapen, gegeten en gedronken. Je had de Amerikaanse ambassade moeten informeren over mijn arrestatie en ik eis ... 'ze probeerde te protesteren.

"Eis je? EIS JE? Je bent niet in de positie om iets te eisen. Besef je wat je situatie is? Ze beschuldigen je ervan een spion te zijn en daar staat alleen de doodstraf op. Dus begin maar te praten, want ik heb niet veel tijd tot mijn beschikking "riep ik tegen hem.

'Er moet een fout in je rapporten staan. Ik weet zeker dat je me voor iemand anders hebt aangezien. Het is mijn eerste reis naar Europa en ik heb Parijs bezocht vanwege zijn nachtelijke attracties. Ik zat hier vast toen de oorlog uitbrak en kon het niet vinden mijn weg terug naar huis. Zijn politie arresteerde me terwijl ik sprak met een man die mijn terugreis zou organiseren. Ik weet niets anders.'

"Wat is jouw naam?" Ik vroeg haar.

'Mijn naam is Gina, luitenant,' zei hij.

'Vanaf nu noem je me mevrouw Vicky. Is dat begrepen?' Zei ik en gaf haar tegelijkertijd een harde klap.

"Au! ... Ja ... Ja ... mevrouw ... Vicky ..."

'Luister, gedegradeerde teef. Je gaat me alles tot in detail vertellen. Ik wil mijn kostbare tijd niet met je verspillen. Geef me namen, locaties, codes en al het andere dat nodig is. Ik beloof je dat ik je geen kwaad zal doen en je ga als we klaar zijn of je zult ontdekken hoe wreed ik kan zijn.". Vertelde ik hem terwijl ik aan zijn haar trok.

"Aaaahhh ... ik zweer bij God ... ik weet het niet ... iets ... alsjeblieft ..."

'Wil je ruig spelen? Dat zullen we wel zien. KAT EN MICHELLE ZULLEN NU JE KLEDING ZORGEN. ZET ZE VOLLEDIG UIT!' Ik blafte mijn bevelen.

Kat en Michelle met wild heldere ogen sprongen op hun hulpeloze slachtoffer en begonnen haar jurk aan stukken te scheuren.

Gina draaide wanhopig met haar lichaam terwijl veelzijdige vingers haar jurk, bh, string, jarretellegordel en nylon kousen genadeloos uittrokken.

Ze droeg uiteindelijk alleen een paar witte hakken en niets anders.

Het leek alsof het kleine vertoon van mijn autoriteit over Gina niemand onaangetast had gelaten.

Kat's lichtroze gezwollen tepels wedijverden met Michelle's gezwollen bruine tepels in termen van schoonheid, grootte en hardheid.

Michelle's ogen waren gericht op Gina's glinsterende harige spleetje en haar tong likte over haar volle lippen, terwijl Kat Michelle's prachtige tepels streelde met haar rechterhand terwijl haar linkerhand tussen haar melkachtige dijen begraven lag.

'Vind je het leuk wat je ziet, Michelle?' Ik vroeg hem.

'Ja mevrouw, ze is zo mooi en weerloos,' zei Michelle.

"Word je opgewonden door vies zwart poesje?" ik schreeuwde

"Ja mevrouw ... Umm ... Nooooo ... Ik ben niet ..." Michelle probeerde zich te verontschuldigen.

"BENT U VERGETEN DAT U TOT HET ARIAN RAS BEHOORT? We zijn voorbestemd om de wereld te regeren. Het zit in onze genen om onze suprematie en regels aan anderen op te leggen. We moeten de hele wereld tot slaaf maken en het aanbreken van een nieuw tijdperk brengen. tijdperk van NIEUWE! ORDE! Er zullen geen andere meesters zijn dan wij. Zwarten, geel, rood zijn verplicht om te dienen en te werken voor de glorie van het Derde Rijk. "

'Kijk en vertel me wat er gemeen is tussen jou en dat kreng. Jij en Kat behoren tot de beste voorbeelden die ons ras moet laten zien. Kat is lang, blank en slim; Ze ziet eruit als een Walkure uit het noorden, vol kracht en glorie, klaar om haar vijanden te doden, en dat is ze ook!

'Je lijkt op je grote Gaelische voorouders die nooit zijn opgehouden dapper te vechten tegen al hun vele vijanden, door dik en dun. Die grote mannen en vrouwen hebben hun onuitwisbare stempel op u gedrukt. Kunt u het niet zien? Voel je het niet? Heb je niet gelezen hoe ze vochten, hun cultuur, hun families en hun land verdedigden? '

'Weet je zeker dat je jezelf wilt vergelijken met deze mensen die al hun tijd naakt rondrennen en paartjes rollend in de modder? Wat weten ze over cultuur en beschaving? Helemaal niets. Zelfs mijn Doberman overtreft ze allemaal met extreem gemak. "

"Uw natie heeft zoveel geweldige mannen en vrouwen grootgebracht die zo veel hebben bijgedragen aan de wereld dat het niet logisch zou zijn om naar hun prestaties te verwijzen. U onteert uw nalatenschap. Je maakt me brutaal! "

"Het spijt me mevrouw Vicky, ik bedoelde niet wat ik eerder zei. Ik vraag u nederig om vergeving. Alsjeblieft, mevrouw, ik smeek het u. Stuur me niet naar het vuurpeloton. Ik ... ik zal het doen. alles om je te plezieren zoals ik altijd doe ... Alsjeblieft ... 'smeekte Michelle.

"Je hebt veel geluk Michelle, want ik heb veel liefde voor je in mijn hart. Ik zal je niet aangeven bij mijn superieuren, maar ik zal je de wens geven waarnaar je op zoek was. Ik geef je de kans om die ellendige gebruikte anus en poesje OP JE KNIEËN EN LIK HEM AAN DE KONT, BITCH !!! "Ik schreeuwde tegen haar en knoopte de knielange zwarte leren jas van mijn officier los.

Michelle knielde neer en kroop op Gina's rug.

Ik deed mijn jasje uit en stond daar met mijn benen uit elkaar en mijn handen op mijn middel.

Ze droeg een zwart leren korset dat de borst niet bedekte, met bretels en een paar bijpassende handschoenen.

Vier rijen metalen kettingen, waarvan de randen aan elke riem waren bevestigd, bedekten mijn blote borsten en een leren riem zonder kruis omhelsde mijn stevige heupen.

Ze droeg ook dijhoge leren laarzen met naaldhakken.

Michelle begon met ongeduld Gina's perfecte zwarte kont te strelen en te kussen.

Zijn handen gingen open en dicht haar billen met ongebreidelde lust.

Hij kneedde, masseerde, kuste en likte die zwarte bollen, in die volgorde, zonder op iets anders te letten.

Zijn tong werd gek in de kloof van Gina's kont en plaagde meedogenloos het zwarte gat met de punt.

Hij stak zelfs zijn neus naar binnen en snoof de muskusachtige geur van haar anus op.

'Kat, ik wil dat je Michelle zonder spijt een pak slaag geeft. Leer haar een lesje. Bestraf haar zoals ik zou doen,' zei ik vol walging tegen haar.

"Mmmmm ... dat zal ik zeker doen Meesteres ... Het is mij een genoegen" antwoordde Kat opgewekt.

"Maak die kont rood! Straf en ploeg zijn stoutmoedige kont met het instrument van vernietiging! Ik wil zien dat zijn fluweelachtige witte huid tranen van bloed vergiet!" Ik heb haar aangezet.

"Ha. Meesteres."

Gehoorzaam tilde Michelle haar kont op en wachtte op het onvermijdelijke, hoewel ze steeds haar lenige rode tong in Gina's anale kanaal duwde.

Ze moet het geweldig hebben gedaan, want Gina hijgde en wiegde ongecontroleerd met haar bekken.

Kat ging achter Michelle staan en deelde de eerste klap uit tegen Michelle's wellustige kont.

Haar zijden kronkelden en ze slaakte een kreun in Gina's kont.

Kat sloeg opnieuw en Michelle beet hard op Gina's kont, die op haar beurt kreunde en haar rug kromde.

Ik liep naar Gina en begon haar gezwollen bruine tepels tussen mijn duim en wijsvinger te rollen.

Ze schreeuwde van pijn en ik sloeg haar vaak.

Daarna heb ik haar borsten tot een kom gevormd en ze hard gekneed.

Ik nam de tijd om haar borsten te misbruiken terwijl ik in haar ogen keek.

Ondertussen sloeg Kat Michelle's kont met veel ervaring en er waren veel rode striemen op haar gehavende huid verschenen.

Michelle is nooit gestopt met het neuken van Gina's kont, ook al leed haar kont enorm onder Kats regen van slagen.

'Heb je me iets te vertellen?' Vroeg ik Gina ironisch.

"Mmmmmm ... Ow! ... Oohhh ... ik ... zei je ... ik weet niets ... alsjeblieft ..." kreunde hij.

'Dus je blijft stilstaan bij je verhaal. Oké, dan ga ik verder.'

"Kat! Stop met wrijven over je poesje en concentreer je op je plicht. Doe de grote fallus aan en neuk Michelle's kont. NU!"

Terwijl Kat haar twintig centimeter lange, vijf centimeter brede fallustuig om haar middel vastbond, pakte ik een vijfstaartige leren zweep van de tafel naast me.

Toen begon ik Gina's kleine tieten te slaan en zorgde ervoor dat ik bij elke slag ook haar harde tepels raakte.

Hij beledigde haar ook met namen als goedkope hoer, gebruikt poesje, zwart, vies teefje, vieze anus en anderen.

Kat ging achter Michelle staan en ging schrijlings op haar zitten.

Hij boog zijn knieën, legde Michelle's leren touw opzij en leidde het hoofd van de fallus naar de ingang van haar anus.

Tegen die tijd lag Michelle op haar knieën en kuste en likte ze Gina's enkels.

Kat duwde hard en plantte haar "vrouwelijke penis" in Michelle's strakke receptieve anale opening.

Michelle schudde haar hoofd, gooide haar haar in de lucht en kreunde van de pijn toen Kat haar zij met haar handen vastgreep en ze gebruikte als ankers om zichzelf te stabiliseren.

Kat ging vervolgens door met het gewelddadig neuken van Michelle in haar kont door een snel en gestaag tempo te nemen.

Terwijl ik Gina's parmantige tieten sloeg, merkte ik dat haar harige heuveltje en spleet doorweekt waren.

Haar rode klitje stak uit haar zwarte kap, teveel gestimuleerd door de voortdurende actie.

De chocoladehoer moet genoten hebben van wat er gebeurde.

Ik draaide onmiddellijk mijn aandacht weer terug en begon haar buik en dijen te slaan.

De leren riemen van mijn zweep omhelsden woest elke ronding van haar lichaam als slangachtige tongen en lieten overal hun onmiskenbare sporen achter.

Zelfs haar gezwollen clitoris wilde haar passie delen, want het was een moeizame poging om de straf te krijgen die ze zo hard nodig had.

Een paar welgemikte tikken op zijn gevoelige knop voldeden volledig aan die boze zoektocht naar verlichting, ook al was ondragelijke pijn de prijs die hij moest betalen.

"Water ... alsjeblieft ... geef me wat water ... Ik heb zo'n dorst ... Meesteres," smeekte Gina.

'Alleen als je me geeft wat ik vraag, zal ik aan je verzoeken voldoen. Ben je klaar om te praten?' Zei.

'Alsjeblieft ... ik ben geen spion ... alleen ... een toerist ... ik ... heb ... water nodig.'

Ik werd bleek en bleef roerloos en sprakeloos staan.

Ik stelde me voor dat ik voor het vuurpeloton stond ... toen een harde klap ... me omhelsde en in de donkere aarde beet ... mijn vader gaf me de genadeslag (genadeslag) met zijn pistool ...

Dat had geen waarde.

Het uitschot bleek een zeer moeilijke noot te zijn om te kraken.

Mijn leven zou geen cent waard zijn als ik tekortschoot in mijn plicht.

Ik keek naar de grond en zag Kat en Michelle hartstochtelijk de liefde bedrijven.

Michelle lag op de grond met haar benen wijd gespreid en Kat zat bovenop haar haar kokende poesje te bonzen als een verdomde ziel.

Ze drukten hun opgewonden tepels tegen elkaar en hun rode tongen waren verstrikt in een waanzinnige wals.

Kat en Michelle konden niets schelen over mijn toekomst.

Het bloed in mijn aderen begon te koken en mijn zicht werd steeds donkerder.

Hij kon niet beslissen wat hij eerst wilde doen.

Moet ik Gina langzaam wurgen, met mijn blote handen, heel langzaam?

Of non-stop tegen de kont van Kat en Michelle gaan schoppen?

'Kat en Michelle stoppen met wat je doet en komen hier! NU! Maak Gina's kettingen los en maak je klaar!' Ik heb ze besteld.

Ze deden wat hun was opgedragen en Gina viel op haar knieën met haar handen nog steeds omhoog.

'Michelle, onze gevangene heeft dorst. Geef haar je nectar.'

"Hij houdt zeker van."

Michelle bracht haar bekken naar Gina's mond en trok haar leren ondergoed opzij. Ze deed haar rozenblaadjes uit elkaar en liet haar dampende, zoute urine los.

Gina deed haar brede mond open en stak haar tong uit toen Michelle haar urinestraal door haar dorstige keel leidde.

Ze slikte gretig Michelle's gele rivier in terwijl haar tong elke druppel ving die in de lucht zijn doel miste.

Kat liep erheen en begon ook op Gina te plassen.

Ze baadden haar neus, ogen, mond en tieten met hun gouden vloeistoffen.

Gina werd gek terwijl ze de stortvloed van urine van Kat en Michelle tegelijkertijd probeerde door te slikken, omdat ze geen enkele druppel wilde missen.

Nadat ze klaar was met plassen, stak Michelle haar natte poesje op Gina's lippen.

Gina begon onmiddellijk te likken en te knabbelen aan haar fluwelen bloembladen, diep zuigen en vloeistoffen van liefde en urine inslikken.

Ik stuurde Michelle om een zwarte dildo van achttien centimeter op te zetten en Kat nam haar plaats in.

Gina deed haar mond zo ver mogelijk open om Kats grote fallus op te vangen.

Kat leidde zijn "vrouwelijke penis" in haar keel en begon haar heupen heen en weer te wiegen.

Gina was een paar keer misselijk, maar slikte het door.

Hij raakte snel gewend aan de ongelooflijke afmetingen en begon op zijn beurt zijn hoofd te schudden, terwijl hij Kats stoten in het midden ontmoette.

Ik beval Kat om op de grond te gaan liggen en haar bekken tussen Gina's dijen te plaatsen.

Ze deed dat en zette haar "fallus" rechtop.

Gina sprong letterlijk op hem en haar verwarmde zwarte poesje overspoelde hem onmiddellijk.

Ze schommelde haar lichaam te snel met Kats harde stuk gereedschap en haar borsten schommelden op en neer in de maat met zijn bewegingen.

Michelle pakte Gina bij haar haar en dwong haar voorover te leunen.

Gina ging plat op Kat liggen en hun borsten maakten contact.

Michelle knielde achter en spreidde Gina's billen.

Ze genoot even van de aanblik van Gina's kont en stopte toen de kop van haar zwarte dildo daar.

Michelle duwde hard en streek moeizaam met haar hoofd over Gina's aarzelende sluitspier.

Gina schreeuwde op haar beurt toen ze voelde dat haar achterste gewelddadig werd gepenetreerd.

Het leek alsof Gina's schreeuw het signaal was voor Kat en Michelle om gek te worden.

Michelle begon Gina's kont te bonzen als een krolse teef en Kat stak haar bekken in Gina's uitgerekte kutje terwijl zijn handen haar tepels kneep.

Met twee gereedschappen die als goed gesmeerde zuigers haar gaten boorden, had Gina geen andere keus dan te bezwijken.

"¡¡¡¡¡¡¡¡¡¡¡¡¡Oh God! Ik ben een hoer! GELIEVE ... NEUK ME ... BEIDE ... JIJ TEGELIJKERTIJD! IK WIL ZIJN ... EEN NAZI BITCH ... IK ... WIL ... IK ZAL JE VERTELLEN ... ALLES ... ALLEEN ... BLIJF ME NEUKEN ... ALSTUBLIEFT !!! OHHH ... IK GA NAAR KOMEN !!!!!!!!!!!! "

"Ik weet dat je het zult doen", zei ik met een grote glimlach op mijn gezicht.

EINDE

WILD WELKOM
ERIKA SANDERS

Susan lag op de bank en dacht aan haar partner.

Ze hield van hem met heel haar hart en haar droom was dat hij zou doen wat hij wilde met het voorspel.

Lik en zuig ze totdat hun extase het waard is om voor te sterven.

Neuk haar dan met seks die sterker is dan creatie.

Het was zo'n saaie avond.

Susan lag op de bank in haar roze zijden bh en slipje naar een film te kijken.

Maar Susan dacht aan haar vriend, zijn mooie lichaam, zijn groene ogen en zijn donkerbruine haar.

Susans tong gluurde uit haar lippen toen ze aan hem dacht. Lust vulde haar geest en lichaam.

Op dat moment hoorde Susan de deur opengaan, daar was hij dan eindelijk.

Opgewonden en nat sprong ze op en rende naar de deur.

Daar stond hij in zijn spijkerbroek en een wit t-shirt.

Hij liep de kamer binnen en zag Susan's mooie, zwevende borsten die bijna uit haar bh vielen van opwinding.

Hij greep haar bij haar middel, trok Susan naar zich toe en kuste haar diep.

"Ik ben zo verdomd geil," fluisterde Susan door haar warme, natte mond. "Neuk me nu."

Hij had geen tweede uitnodiging nodig en duwde Susan naar de keukentafel.

Hij deed zijn shirt uit, deed de lichten uit en verduisterde de kamer.

Susan lag op de tafel, haar tepels gluurden nu door haar witte beha en er vormde zich een natte vlek op haar bijpassende slipje.

Hij stapte dichter naar haar toe en vormde een bobbel in zijn spijkerbroek.

Hij buigt zich over Susan heen, kust zachtjes haar buik en likt alles eroverheen.

Susan hapt naar adem van plezier en haar handen grijpen zijn hoofd om hem dichterbij te brengen.

Hij bleef haar buik likken en kussen, van tijd tot tijd naar haar kutje, dat nog steeds bedekt was door haar slipje, om hete lucht op haar te blazen.

Hij grijpt haar ondergoed tussen zijn tanden en trekt haar in één snelle beweging naar beneden.

Hij gooit haar op tafel en snuffelt aan haar schaamhaar.

Susan begint te kreunen en zwaar te ademen.

Hij begraaft zijn gezicht in haar natte kutje en steekt zijn hand op om haar beha te verwijderen.

Susan's brutale borsten lopen over haar zachte handen.

Hij likte Susan's spleet weer zachtjes voordat hij naar de koelkast ging.

Hij opende het en haalde er een schaal aardbeien uit. Hij nam er twee en legde er een op Susans buik en de andere tussen haar borsten.

Hij likte de aardbei bij zijn navel en at hem toen op.

Hij bleef haar lichaam van onder naar boven likken en ging uiteindelijk door naar de volgende aardbei.

Hij likt Susan's decolleté en beweegt de aardbei op en neer tussen haar borsten.

Susan kreunt om het ongewone gevoel.

Hij beweegt de aardbei verder en dieper in Susan's lichaam totdat hij haar kutje bereikt door met zijn tong in de aardbei te knijpen.

Susan hapte naar adem en hij kon haar kutje zien samentrekken met de aardbei bedekt met haar sappen.

Hij duwde de aardbei dieper in haar kutje.

Hij bedekte het met zijn mond, die zachtjes zoog tot de aardbei weer in zijn mond zat; nu bedekt met sappen uit Susan's kutje.

Hij nipte van de aardbei, at hem op en rolde Susan op haar buik.

Met haar kont in de lucht streelde ze erover.

Hij sloeg zachtjes op Susan's kont voordat hij op haar kont dook en eraan likte, waardoor hickeys over haar kont achterbleven.

Er was een pot honing in de buurt. Hij stak zijn hand naar binnen en wreef ermee over Susans lippen.

Toen stak hij zijn tong diep in haar en liet Susan kreunen.

Hij zoog zijn tong diep in haar kutje.

Susan kreunde luid en zei:

"Neuk me nu."

Hij deed zijn spijkerbroek uit en zijn pik klopte.

Nu hij naakt is, steekt zijn pik groot en sterk uit.

Hij greep Susan en streek met zijn handen over haar binnenkant van de dijen, zijn pik recht voor haar ingang plaatsend.

Hij wreef met zijn hoofd tegen haar nattigheid; Ze scheidde haar lippen zachtjes en duwde zachtjes tegen de eikel van zijn pik.

Een kreun ontsnapte aan Susan's lippen toen ze het puntje van zijn pik in haar voelde komen.

Susan kreunde harder toen hij de rest van zijn enorme harde pik in haar kutje duwde.

Terwijl hij ze allemaal vulde, kneep ze in de wanden van haar kutje en kreunde ze.

Hij begon zijn pik in en uit Susan's kutje te pompen, met elke slag meer en meer.

Hij bleef haar kutje slaan en Susan kreunde luider en luider.

Hij greep haar dijen, bonsde harder dan ooit, en gromde toen zijn enorme pik Susan's lichaam binnendrong.

Susan riep:

"Dat voelt zo goed, schat, neuk me harder."

Hij sloeg zijn pik harder in Susan's kutje en voelde de opeenhoping van sperma aan de basis van zijn pik.

Zijn ballen raakten Susan's kont met zijn beweging.

Susan kreunde lange tijd en kreeg een wild orgasme, haar kutje kneep in zijn pik zodat hij ook een orgasme kreeg.

Cum spoot uit zijn pik, de eerste stroom penetreerde Susan's kutje.

Maar hij trok zich terug en liet de rest achter om zijn lichaam te besproeien.

Net toen haar orgasme afnam, stak hij zijn vingers in haar kutje, pompte haar snel en stuurde Susan weer tot een orgasme.

Susan kreunde en liep over de tafel, trok hem over zich heen en kuste hem diep.

Zijn zweet en sperma vermengden zich over beide lichamen.

Nadat ze allebei ontspannen waren, zei hij:

"Het is fijn om zo te worden ontvangen."

.

EINDE

VERRADEN
ERIKA SANDERS

35

Hoofdstuk I

Becky hoorde de sleutel in het slot klikken.

Hij rende de trap af, deed het licht in de hal aan en deed de deur open.

Jack stond daar in de regen, de kap over zijn hoofd getrokken, de sleutel in zijn hand, terwijl zijn donkere ogen haar aanstaarden.

'Oh mijn god, je bent gekomen,' zei Becky opgewekt.

Ze sprong naar voren en sloeg haar armen om zijn schouders, omhelsde hem en voelde de regen die haar jas bedekte op haar strakke kleding sijpelen.

Het kon haar niet schelen.

Haar man was hier en dat was het enige dat telde.

Ze bevrijdde Jack uit een uitbundige knuffel en legde haar doorweekte handen op zijn gezicht.

De ernstige uitdrukking op zijn gezicht was niet veranderd.

"Wat is er?" zei ze.

"We moeten praten."

Becky voelde haar maag samentrekken, maar ze deed een stap opzij om Jack binnen te laten en zijn natte laarzen uit te trekken.

Ze ging naar de woonkamer en wreef nerveus over haar armen terwijl ze wachtte tot Jack het slechte nieuws zou brengen, wat het ook was.

Toen ging hij naar de woonkamer, nog steeds met een ernstige uitdrukking op zijn gezicht.

'Kun je ons iets te drinken geven,' zei hij.

Becky ging naar de drankwagen en schonk twee cognac in.

Haar hand trilde toen ze hem een van de glazen overhandigde en de hare snel opdronk.

Jack kwam naar de stoel met nogal vochtige sokken.

De foto die hij gaf was een beetje vreemd.

Ze zou hebben gelachen als het niet voor het gespannen moment was geweest.

Hij zat op het puntje van de stoel en ging niet zitten of trok zijn jas niet uit terwijl hij zich voorbereidde om het slechte nieuws te brengen.

Hij nam een grote slok cognac voordat hij sprak.

'Ze weet alles over ons,' zei hij nadat hij de drank met een laatste zucht had ingenomen.

Becky voelde haar knieën slap worden en haar hart bonkte.

Hij schonk zichzelf nog een glas cognac in.

Hij ging naar de bank voor Jack en ging zitten.

"Zoals?" zei hij na nog een slok van de warme vloeistof.

"Ik zei."

Becky fronste zijn wenkbrauwen.

'Heb je het hem verteld? Waarom?

"Ik kon het niet meer aan."

Becky stond op.

'Zeg me alsjeblieft dat je een grapje maakt Jack.'

Hij schudde ontkennend zijn hoofd.

'Waarom zou je je vrouw vertellen dat je haar bedriegt?'

Jack keek op van onder zijn borstelige wenkbrauwen, waardoor hij eruitzag als een ondeugende pup.

"Ik kon niet zien dat ze onverschillig en kalm was terwijl ze ons smerige geheim bleef verbergen."

'Ons vuile geheim is dat hij het gewoon doet?' dacht Becky.

"Nou, wat zei ze?" zei Becky, terwijl ze deed alsof ze de laatste opmerking niet hoorde, terwijl ze van de ene kant van de kamer naar de andere liep.

'Ze is klaar om ons nog een kans te geven. Als dit stopt.'

Becky stopte en keek naar Jacks gezicht.

'Wij? Bedoel je dat jij en zij samen zijn nadat ik het haar heb verteld?' Jaap knikte.

'Ga je me zo alleen laten? Omdat ze dat zegt?'

"Zij is mijn vrouw."

'En wat was ik?'

'Weet je wat dat was. Ik heb je gezegd dat ik mijn vrouw nooit zou verlaten. Dat was altijd seks tussen jou en mij.'

'Weet je wat dat was. Verleden. Het zat al in zijn hoofd. Hoe kon hij mij dit aandoen? '

Hoewel hij had gezegd dat hij Mary nooit zou verlaten, dacht Becky dat ze hem ervan kon overtuigen dat zij echt de vrouw was die hij nodig had.

Is het niet zo?

Het leek niet.

Jack dronk zijn drankje op en stond op om te vertrekken.

Becky liep naar hem toe.

"Is dat alles dan?" zei ze terwijl ze hem aankeek. "Ga je het zo laten vallen en gaan?"

Jack zuchtte toen hij haar wegduwde om door de gang te lopen.

'Becky, ik heb kinderen,' zei hij nu boos.

Oh nee, zo makkelijk zou hij er niet uitkomen.

Vroeger waren het allemaal complimenten en spottende en erotische berichten, met veel kusjes op het einde om me te betoveren.

Dat is wat iedereen doet om te krijgen wat ze willen.

Als ze dan genoeg hebben, gaan ze in de verdediging en proberen ze van je af te komen.

Jacks echte gezicht was nu te zien.

Voor hem was het niet meer dan een stuk vlees geweest, een gemakkelijke vangst.

Een uitschot.

Een hoer.

Zo hadden mannen haar altijd behandeld. Jack zou niet anders zijn.

'En nu? Er gaan tegenwoordig veel mensen scheiden. Kinderen komen er overheen. Ze hebben nog steeds beide ouders,' zei ze koeltjes.

'Het zijn kinderen, Becky,' snauwde Jack. 'Je hebt een gezin nodig. Veiligheid. Een vader die er altijd is. Niet iemand die een paar keer per week komt opdagen.'

En ik? dacht ze een beetje egoïstisch.

De vrouw die geen kinderen kan krijgen.

De vrouw die altijd blijvend onvruchtbaar zal zijn en die een man geen gezin kan geven.

Het fenomeen.

De zeldzame.

Degene die goed kan neuken voor de lol.

Wie zou echt van haar houden?

'Ik ga naar je huis,' dreigde hij. "Ik zal haar vertellen wat we hebben gedaan. Hoe je me het bos in reed in je auto en me op de achterbank neukte. Waar haar kinderen elke dag op weg naar school zitten. Hoe je me naar hetzelfde restaurant reed dat je haar voorstelde. Kijken of ze dan van gedachten verandert.'

Jack draaide zich om in de deuropening en zijn vingers verlieten de kap die hij op het punt stond over zijn hoofd te tillen.

"Je gaat het niet doen".

"Kijk naar me."

Becky zag voor het eerst een uitdrukking in Jacks ogen die ze eerder bij veel mannen had gezien.

walging.

Wat ze tussen hen hadden, wat er ook voor hem was geweest, was verdwenen.

Ze wist dat ze dat nooit meer terug zou krijgen.

Haar bovenlip rimpelde toen ze de kap over haar hoofd trok en bukte om haar laarzen te pakken.

Becky voelde de warmte uit haar vlees verdwijnen, het koude gevoel achtergelaten te worden.

Taak.

Ze had het te vaak gevoeld.

'Je kunt me niet zomaar verlaten, Jack,' smeekte ze, terwijl ze de bekende tranenstroom uit haar ogen voelde komen.

'Het is voorbij,' snauwde hij, zijn stem verdraaide van woede.

'Doe me dit niet aan, Jack. Alsjeblieft!'

Hij knoopte de neus van zijn laars vast, richtte zich op en keek naar haar onder de deken van zijn kap.

'Kom niet meer in de buurt van mij of mijn familie. Als je dat doet, bel ik de politie.'

Hij hief zijn hand op en liet zijn sleutel op de grond vallen.

De sleutel had ze hem gegeven in de hoop dat hij dit zou zien als zijn ware thuis waar hij uiteindelijk permanent zou gaan wonen.

Het was de laatste steek in zijn hart.

Hij rukte aan de deur en deed een snelle stap de tuin in.

Becky stond op de mat, haar wangen glinsterden van tranen in het felle licht van de woonkamer, en keek naar haar lange gestalte die door de regen liep.

Weg van haar.

Terug naar zijn familie.

Voor altijd uit zijn leven.

Hoofdstuk II

Becky keek in haar glas en voelde haar hoofd draaien.

De whisky liet een zure en bittere smaak achter op zijn tong.

Met trillende vingers pakte ze het glas op en gooide het tegen de muur van de open haard.

Het kwam in botsing met de spiegel, waardoor glasscherven explodeerden en vervolgens op de vloer en het dikke tapijt vielen.

Ze sprong van de bank en liep naar de telefoon.

Tranen welden op in haar ogen toen ze de telefoon oppakte, maar ze zei tegen zichzelf dat ze niet meer zou huilen.

Ze beet op haar lip en toetste resoluut het nummer in.

Na enkele ogenblikken antwoordde een norse mannenstem.

"Hallo?"

'Harry, ik ben Becky,' zei hij, zijn dronkenschap met een glimlach onderdrukkend.

'Becky? Jezus, hoe noem je dat? Het is twee uur 's nachts.'

'Het spijt me. Het is gewoon... ik moet bij iemand zijn.'

'Wat? Op dit moment?'

"Ja."

Hij hoorde geritsel aan de andere kant van de lijn, het kraken van zijn keel, opgedroogd door Harry's sigaretten, terwijl hij om het bed heen liep.

"Maak je me echt wakker voor een fuck in het midden van de ochtend?"

Becky voelde een knoop in haar maag bij zijn woorden.

Wat als ze echt niemand nodig had om haar te plezieren?

Het kon Harry echter niets schelen.

Hij was gewoon een typische man met maar één ding aan zijn hoofd.

Ze stopte de verleiding om te ontploffen.

'Waarom niet? Het is net zo goed als elk ander moment,' zei ze een beetje opgewonden.

'Ik moet om zes uur op zijn.'

'Nou en? Je kunt morgenavond slapen. En je gaat in ieder geval tevreden naar je werk in plaats van te gapen.'

"Ik ben nu diepbedroefd. De enige manier om niet te gapen op het werk is door nog een paar uur te slapen en niet te sporten."

Becky kneep gefrustreerd in haar lippen en pakte haar sigaretten, die naast de telefoon lagen.

Hij stak er een aan, nam een lange, diepe trek en wreef toen met zijn duim over zijn slaap terwijl hij dikke rook blies.

'Ik zal doen wat je wilt,' zei ze, en de nicotine gaf haar genoeg kracht om hem te verleiden.

"De wat?" Zei Harry.

"Ik zal mijn tong in je reet steken. Ik zal je opeten zoals een man een vrouw eet."

Het was even stil en hij voelde Harry aan de andere kant denken.

Er waren niet veel vrouwen die klaar waren om de kont van een man te eten en Harry had een bijzonder gevoelige anus, zijn tong kon zijn hele lichaam buigen en tegelijkertijd schreeuwen.

Het leek er echter op dat hij vanavond erg moe was. Zelfs dat was niet genoeg om hem te verleiden.

'O, Becky. Had je niet op een beter moment kunnen bellen?

"Ik ga mijn string aandoen. Ik ga je een lange harde neukbeurt geven. Is dat wat je wilt Harry? Een. Lang. Hard. Neuken."

Harry klonk nerveus en opgewonden toen hij antwoordde.

Becky wist dat haar uitdrukkelijke en walgelijke moed zijn pik keihard had gemaakt onder de dekens.

Maar wat ze hem ook probeerde te verleiden, hij zag eruit alsof hij niet bewoog.

"Sorry Becky. Ik moet even langskomen. Wat dacht je van vrijdagavond?

Becky zag de asbak op de salontafel en deed haar sigaret uit.

"Je bent net als alle mannen, toch? Je denkt dat ik wegloop als je het zegt. Nou, weet je wat Harry? Je kunt jezelf neuken. Dat was je laatste kans en je hebt hem net gemist."

'Wat... Becky?'

"Dag, Harry. Slaap diep als je kunt. Verdomme!"

Hij sloeg de telefoon neer.

Becky bleef even op het bed zitten, haar hart bonsde, haar bloed kookte, een miljoen verschillende gedachten streden om prioriteit in haar hoofd.

Hoe konden ze hem dit aandoen?

En opnieuw.

En waarom liet ze haar dat keer op keer doen?

Steeds weer in dezelfde oude val trappen.

Ze wist wat psychiaters zouden zeggen.

Je waardeert jezelf niet genoeg.

Hoe kun je respect verwachten als je jezelf niet eens respecteert?

Nou, dat is makkelijk voor jou om te zeggen.

Ze willen weten hoe het is om je een hoer te voelen en mannen toe te staan hun lichaam als een vuile vod te gebruiken.

Een moeder die met haar vrienden zou neuken en haar dochter alleen thuis zou laten, koud en hongerig, zonder dat iemand haar wilde.

Een vrouw die haar jarenlang ervan overtuigde dat haar vader niet van haar hield.

Dat hij haar verliet vanwege hem.

Terwijl de waarheid was dat hij geïntimideerd en te bang was door de onderwerping waaraan hij door haar werd onderworpen om terug te keren naar zijn schrikbewind.

Becky begroef haar gezicht in haar handen en liet de tranen over haar handpalmen stromen.

Je hebt me verlaten papa

Hoe kun je me achterlaten bij die psycho-teef?

Ze ging rechtop zitten en dwong zichzelf de tranen te stoppen.

Verdriet veranderde in woede als een druk op de knop.

Zijn vader was een lafaard.

Zoals alle mannen.

Ze liepen gecontroleerd weg van de ballen die tussen hun benen slingerden, maar hadden niet de moed om ze te gebruiken.

Dat kan alleen een vrouw.

De pijn was te veel.

Becky had seks nodig.

Het was het enige dat haar zou kalmeren.

Seks zou de pijn in haar verzachten.

Pijn om niet geliefd te zijn en afgewezen te worden, waardoor ze zich een vuile wegwerphoer voelde.

Een paar korte momenten, een hartstochtelijke kus, een wellustige drang die haar tot een orgasme zou brengen, en ze zou zich genezen voelen.

Alles is weer in orde.

Geliefd.

Het enige probleem was dat het een verslaving was geworden.

En als het allemaal voorbij was, nadat de mannen waren vertrokken en waren teruggekeerd naar hun vrouw of de volgende vrouw die klaar was om haar benen te spreiden, zou die donkere plek terugkeren.

Tot de volgende oplossing.

Becky kon het niet meer aan.

Genoeg was genoeg.

Deze keer zou iemand betalen.

Hoofdstuk III

Wraak is zoet.

Dat zeggen ze tenminste.

Becky dacht erover na terwijl ze haar lange zwarte haar in de make-upspiegel borstelde.

Ze was naakt, op een zwart slipje na dat was versierd met een klein rood strikje.

Haar 43-jarige borsten waren net zo stevig als die van een vrouw die tien jaar jonger was.

Het was een van de positieve dingen van het niet kunnen krijgen van kinderen.

Ze behield langer haar figuur en haar prachtige charme.

Terwijl de haren van de borstel door haar haar gleden, ervoer ze een kalmte die ze in jaren niet had gevoeld.

Er groeide eindelijk iets in haar.

Je zult geen slachtoffer meer zijn.

Ze worstelde.

Ze zou een krijger zijn.

Ze koos een donkerrode lippenstift uit haar make-up en bracht die voorzichtig op haar lippen aan. Ze voegde een beetje volheid toe door een extra millimeter rond de rand toe te voegen.

De kleur vulde haar donkere haar en olijfkleurige huid aan, wat haar een licht mediterraan uiterlijk gaf dat niet verder van haar Britse afkomst kon zijn.

Ze moest toegeven dat het er goed uitzag.

Ze had misschien een beetje hardheid in haar stem van zoveel sigaretten en een slechte jeugd, om nog maar te zwijgen van het drinken, maar ze wist hoe ze moest verschijnen voor seks.

Ze had deze vaardigheid van haar moeder geleerd, en toen ze zag hoe stoer de noordelijke meisjes waren, had ze geleerd ze ook in haar voordeel te gebruiken.

Sexy meisjes hadden macht.

Ze konden mannen beheersen met hun lichaam, hun geur en een provocerende blik.

Toen Becky erover nadacht, realiseerde ze zich dat ze zoveel jaren zou kunnen overleven.

Hij stond op en liep naar de passpiegel.

Hij leunde haar hoofd opzij en greep haar borsten.

Ze pruilde tegen haar pas geverfde lippen.

Ja, het zag er goed genoeg uit om iets lekkers te eten.

En om jou ook op te eten, dacht ze met een sensuele lach.

Op het bed lag een rode jurk.

Kort.

Zeer provocerend.

Lage halslijn om te pronken met haar borsten.

Ze duwde haar blote voeten in hem en trok hem over de lengte van haar lichaam omhoog.

Ze bekeek zichzelf in de spiegel, draaide zich om en maakte hem vast.

Ze bewonderde de zijdeachtige stof die bij de heupen gerimpeld was en haar typische zandlopervorm benadrukte.

Bij de deur stond een rij schoenen met hoge hakken.

Becky ging naar haar toe en stapte in een rood paar.

De kleur van vandaag was scharlaken.

Rood voor bloed en moord.

Hoofdstuk IV

De taxichauffeur stopte voor de club.

Becky zag dat er twee gorilla's bij de deuren stonden.

Hij betaalde de taxichauffeur en stapte de straat op, verlicht door de straatlantaarn. De zachte lucht raakte zijn blote schouders terwijl de clubmuziek onder zijn voeten sloeg.

Ze sloot de deur van de hut, liep naar de ingang en schoof de riem van haar kleine rode tas over haar schouder.

ontmoetingspunt Het was een moderne herenclub die een paar jaar geleden in de stad was ontstaan.

Mannen van alle leeftijden gingen erheen in hun hipste pakken gedrenkt in aftershave-flessen om noordelijke meisjes aan te trekken die als teven in de hitte naar hun geur stroomden.

Becky was geen uitzondering.

Maar vanavond had ze zich op één man in het bijzonder geconcentreerd.

De plaats was vol activiteit, druk voor een midweeknacht.

Aan de ene kant van de zaal speelde een zanger op het podium en aan de andere kant stond de bar vol met oudere mensen gebogen over bierglazen.

Mannen en vrouwen zaten in een grote ruimte met tafels in het midden van de kamer, praatten en keken omhoog naar het podium.

Becky ging naar de bar en belde een knappe jonge barman met het puntige kapsel van een weduwe.

"Is Ricky hier vanavond?" vroeg ze.

De ober knikte. "Achter."

Becky glimlachte naar hem en deed een stap achteruit van de toonbank toen ze merkte dat de ogen van de oudere mannen waren overgeschakeld van hun drankjes naar haar.

Hij zorgde ervoor dat ze zijn achterste goed konden zien toen hij door een gang verdween die naar de kantoren op de achtergrond leidde.

Ricky Morris was de eigenaar van vijf nachtclubs in de omgeving van Maine.

Hij had in de jaren negentig zijn brood verdiend met louche bedrijven en had de herenclubketen opgericht die meteen een hit was bij de speelse jongens van het noorden.

Hij stond er ook om bekend dat hij met strippers en prostituees werkte, hen van klanten voorzag en hun inkomsten verlaagde.

Becky ontmoette hem twee jaar geleden toen hij Meeting Place begon.

Van alle aantrekkelijke vrouwen en mooie meisjes die er die avond waren, was zij degene tot wie hij zich had gewend.

Misschien herkende hij iets van zichzelf in haar, een mannelijke eigenschap die sprak van haar ambitieuze en ondernemende karakter.

Een vrouw die niet zou buigen of vleien voor haar geld of haar knappe uiterlijk.

Een vrouw die hard zou spelen om te krijgen wat ze wilde.

Becky klopte op haar deur, maar wachtte niet op een antwoord.

Toen hij de kamer binnenliep, zag hij een flits van vlees en rook de onmiskenbare geur van seks.

Een vrouw van in de twintig lag op het bureau, haar blote borsten zichtbaar door een jurk die nog steeds om haar middel was gewikkeld.

Ricky neukte haar vanuit een staande positie, zwarte broek om haar enkels, zweet glinsterend op haar geschoren hoofd.

Hij draaide zijn hoofd bij de onderbreking.

"Stront." Hij trok zich terug van de vrouw en Becky zag zijn grote pik, ontstoken van opwinding, glad met het vrouwensap.

Toen hij zag wie de kamer was binnengekomen, zuchtte hij, boog zich voorover en trok zijn broek op.

De vrouw aan tafel bedekte haar borsten en probeerde haar verlegenheid te verbergen met een sensuele lach.

Kleine teef, dacht Becky en ging schaamteloos het kantoor binnen.

Ricky maakte de leren riem om zijn middel vast terwijl hij zijn hoofd schudde zodat het meisje kon lopen.

Ze bedekte haar borsten nog steeds, gleed nederig van de tafel, greep haar hoge hakken en liep op haar tenen de kamer uit.

Ricky liep om zijn bureau heen en keek Becky met een rood gezicht aan.

Hij haalde een zakdoek uit de zak van zijn overhemd, veegde zijn voorhoofd af en reikte in een la om een zilveren pakje sigaretten te pakken.

"Aan wie heb ik het genoegen te danken?" Hij opende de doos en haalde er een gekleurde sigaret uit.

Hij bood er een aan Becky aan.

Ze hield hem in de gaten terwijl ze naar het bureau liep en een van de sigaretten pakte.

Het was scharlaken.

"Ga je de kwaliteit van de goederen nog eens controleren?" zei hij en stopte de rode sigaret tussen zijn lippen.

Ricky kneep zijn scherpe blauwe ogen tot spleetjes terwijl hij zijn sigaret opstak en hield toen de aansteker omhoog om die van Becky aan te steken.

'Wat is de reden dat je me stoort en hier zonder waarschuwing inbreekt?'

Becky haalde diep adem van de brandende sigaret.

Ze blies de rook uit die in een dunne draad naar het plafond rende.

'Ik zie dat je het de laatste tijd druk hebt gehad.'

Met een glimlach keek ze naar de tafel.

De zweetplekken waar de billen van de vrouw hadden gezeten waren nog steeds op het glasoppervlak.

Ricky ging hard zitten.

Becky kon haar hart bijna horen bonzen, terwijl het bloed nog steeds door haar lichaam pompte van de onderbroken sekssessie.

Hij keek haar nieuwsgierig aan.

"U bent klaar?"

Becky schudde haar hoofd.

'En dan? Ik merk nog iets aan je op.'

Becky gooide haar haar naar achteren en keek naar de grote vissenkom die achter Ricky's hoofd scheen.

Grote vissen in een heel kleine vijver, dacht hij droog.

Hij had misschien geld en macht over vrouwen, maar toen hij daar in zijn stoel zat, zonder idee wat er ging gebeuren, was hij net zo zwak en zielig als elke andere man.

'Ik denk dat het het weer van de maand moet zijn,' zei hij droog.

Hij nam de tas van zijn schouder en legde hem voorzichtig op het glazen oppervlak op tafel.

Ricky keek geïnteresseerd naar haar bewegingen.

Hij liep om het bureau heen en legde zijn billen op de harde rand.

Ricky draaide zijn stoel om, leunde achterover en bestudeerde haar.

'Je bent gretig,' zei hij voorzichtig.

"Wanneer niet?" antwoordde ze.

Ricky glimlachte.

Dat vond hij zo leuk aan haar.

Die gedurfde en gewillige honger naar seks.

Vooral van een vrouw.

Raak hem binnen enkele seconden hard. Becky wachtte tot zijn pik wakker werd terwijl ze haar lichaam bewoog om haar borsten te onthullen.

'Je bent een hoer,' zei Ricky. "Niets houdt je tegen, toch? Zelfs geen zorgeloze seconden in een klein kreng.

"Het was maar het voorgerecht. Ik ben het hoofdgerecht. De echte seks."

Becky trok haar jurk bij haar dij omhoog en liet haar vingers tussen haar benen glijden.

Ze had haar slipje uitgedaan voordat ze het huis verliet, zodat ze gemakkelijk toegang had tot de blote lippen tussen haar benen.

Hij keek naar Ricky en nam nog een trek van zijn sigaret.

De bobbel die in zijn broek bleef groeien, vertelde haar dat hij van plan was binnen enkele seconden in haar te zijn.

Haar kutje werd vochtig bij de gedachte, versterkt door de wetenschap dat de bevrediging deze keer zoeter zou zijn dan alle andere.

Ze legde haar handen op het glazen oppervlak, liet plakkerige sporen achter op haar muskusachtige kut, en manoeuvreerde recht voor Ricky in positie.

Ze zette beide hakken op de armleuningen van de stoel en spreidde haar benen om hem een volledig beeld te geven van wat zich tussen haar benen bevond.

Opwinding schoot door Ricky's ogen toen hij naar beneden keek en het snoep zag verborgen onder het kleine rode jurkje.

"Wat moet ik er mee doen?" zei hij sardonisch en trok een wenkbrauw op.

Met haar ellebogen op tafel slaagde Becky er toch in om te roken toen ze reageerde met een zwoele glimlach.

Sprakeloos.

Ricky drukte zijn eigen sigaret uit en drukte hem schaamteloos op het glas.

Hij ademde door haar neusgaten, misschien om een geurige smaak te krijgen van wat komen ging, en maakte haar lange vingers nat voor haar mooie lippen.

"Ik eet je op tot je kutje in mijn mond druipt."

Becky voelde haar vulva tintelen terwijl ze haar spieren aanspande.

Ze had altijd van een jongen gehouden die ervan hield om kutjes te eten.

Ricky was blij zijn gezicht te verzadigen met haar sap en dingen met zijn tong te doen die hem ergens anders heen zouden sturen.

Het zou de meest humane manier zijn, dacht hij.

Een euforische angst.

Zijn grote handen raakten haar knieën en spreidde haar benen nog meer.

Becky staarde hem grimmig gefascineerd aan en apprecieerde de opwinding in zijn stalen ogen.

Hij likte speels over zijn lippen.

Becky glimlachte veelbetekenend.

Toen, voordat ze iets anders kon doen, zat zijn hoofd tussen haar benen en werkte zijn hete, natte tong zich een weg naar binnen.

Becky's hoofd viel achterover terwijl ze naar adem snakte van genot.

"O verdomme."

Ricky schudde onverzadigbaar zijn hoofd en likte zijn plakkerige vlees.

Eet, proef, inhaleer de muskusgeur.

'Heerlijk,' hoorde Becky hem zeggen met zijn diepe Vermont-accent.

Hij zou niets zo lekkers proeven als haar zoete wraak, dacht hij.

Ricky deed zijn broek uit, trok zijn pik eruit en trok eraan met snelle, harde bewegingen van zijn pols.

Becky vroeg zich even af of hij haar kutje liever had gehad dan het kutje dat hij een paar minuten geleden had geneukt.

Toen besloot ze dat het haar niets meer kon schelen.

Alle mannen waren hetzelfde.

Kontzuigers die hoeren misbruiken en poesjes zuigen. Zelfs als ze de mogelijkheid hadden om je naar plaatsen te sturen waarvan je niet wist dat ze bestonden.

Ricky's tong was goddelijk!

Becky keek naar beneden en zag de glanzende ronde hoofdhuid op en neer gaan.

Dit was zijn moment.

Ze haalde diep adem, pauzeerde even, bracht toen haar dijen in één snelle beweging samen en sloot Ricky's nek tussen haar benen.

Hij stikte en probeerde weg te lopen, maar tevergeefs.

Becky reikte in de rode zak en haalde er een mes uit.

Ze greep het handvat met beide handen vast en tilde het boven Ricky's hoofd.

Hij bleef brabbelen en haar dijen vastpakken om ze uit elkaar te spreiden.

Maar ze kon het niet.

Ze kon het mes niet op haar hoofd laten vallen.

Nu het moment daar was, leek het niet langer een fantasie.

Het voelde als een nachtmerrie.

Ze was geen moordenaar.

Ze kon niet worden wat ze niet was.

Ze hadden haar van binnen vermoord en ze verachtte haar daarom, maar in koelen bloede doden maakte haar iets anders.

Het maakte haar minder dan zij.

Becky liet de druk van haar dijen op Ricky's hoofd los.

Hij stapte uit de val, hapte naar adem en wreef over zijn keel.

"Gekke verdomde bitch," schreeuwde hij. "Wat speel je?"

Becky had het pistool in haar tas verborgen voordat Ricky zijn woede uitspuugde.

'Ik dacht dat je iets ruws zou proberen,' hijgde ze, terwijl ze haar best deed om de angst in haar stem te verbergen.

Ricky spreidde zijn benen en stond op.

"Ik kon niet ademen!"

Becky speelde met haar jurk en stapte van de glazen tafel af.

Toen hij opstond, zag hij de blik van twijfel in Ricky's ogen.

'O, kom op,' zei ze. "Het was een beetje leuk."

Hij slaagde erin te glimlachen terwijl zijn hart in zijn borst klopte.

Ricky zei niets en zocht naar een soort waanvoorstelling in zijn ogen.

Hij zou de enige zijn met bloed aan zijn handen als hij wist dat ze van plan was hem te vermoorden.

Becky liep naar hem toe en leunde dicht tegen zijn gezicht aan.

Ze kuste zijn rode wang en liet haar scharlaken lip op zijn huid.

'Ik heb genoeg gehad voor vandaag. Ik ben beter,' zei ze.

Ze pakte haar tas van de tafel en liep naar de deur.

Ze voelde Ricky's ogen op haar gericht.

doordringen.

Beschuldigen.

'Wacht,' zei hij.

Becky stopte.

Zijn hart bevroor.

Hij draaide zich langzaam om.

Ricky's donkere omtrek werd beperkt door de heldere gloed van het aquariumwater terwijl hij wachtte tot hij zou spreken.

'Je zult je geld willen hebben,' zei hij.

Becky fronste zijn wenkbrauwen.

"Welk geld?"

"Ik betaal altijd mijn favoriete meisjes."

Becky bestudeerde zijn ogen.

Wat heeft hij gedaan?

"Je hebt het nog nooit gedaan."

"Het wordt tijd dat ik het doe."

Hij pakte een chequeboekje van het bureau.

Hij haalde een pen uit de zak van zijn overhemd en krabbelde er iets op.

Toen hij het naar Becky bracht, tintelde zijn keel.

Ricky gaf hem de cheque.

Becky nam het aan en keek naar de menigte.

Veertigduizend dollar.

Ze werd bleek en keek Ricky ongelovig aan.

'Voor de verschuldigde diensten,' zei hij.

Becky keek terug naar de sterke gestalte.

Veertigduizend dollar.

Hij zou zijn hypotheek betalen.

Je zou een nieuwe auto kunnen krijgen.

Loop over water.

Koop nieuwe kleding.

Designer schoenen.

Ricky glimlachte niet toen hij haar de cheque zag bestuderen.

De blik die hij haar toewierp was zorgwekkend.

Becky keek zenuwachtig in zijn staalblauwe ogen.

Hij wist dat ze hem probeerde te vermoorden.

Hij betaalde haar.

Neem het geld, laat me met rust, kom niet.

Ze wilde hem niet teleurstellen.

Hij slaagde erin te glimlachen en draaide zich toen om om de kamer te verlaten, zijn trillende hand nog steeds vast je nieuwe fortuin.

EINDE

59

SEKSUEEL VERLANGEN
ERIKA SANDERS

61

Lieverd, ik wil dat je voor je computer gaat zitten en een foto laat zien, een visueel stuk, zoals een kat.

Niet het gezicht en het lichaam, alleen de knieën gebogen en de benen open.

Met lange en mooie elegante vingers die gemakkelijk de vaginale lippen scheiden.

Stel je voor dat je naar binnen loopt en aan dit volledig uitgeruste bureau zit.

Maar aangezien je stoel armen heeft, zet ik mijn voeten in zwarte leren schoenen met hoge hakken, enkelboeien en puntige tenen aan weerszijden van je.

Jij leunt achterover en lacht en ik leun ook achterover.

Ik til mijn zijdeachtige zwarte, smalle jurk op en je kunt zien dat mijn slipje ontbreekt en de gloed van mijn vocht al in mijn spleet voelbaar is.

Je ziet het puntje van een zwart korset waar ook de kousen aan vast zitten.

Ik til mijn jurk met beide handen op, trek hem over mijn hoofd en onthul het leren korset, dat een paar centimeter breed is.

Mijn tepels staan rechtop en omhoog als ze van bovenaf uitsteken.

Je buigt, maar ik ben hier om met je te spelen en ik draag mijn puntige schoenen om je te houden waar je bent.

Ik zie een staart die merkbaar groeit en die uit zijn broek moet komen en je vragen om hem te openen.

Ik strijk lachend met mijn tong over mijn lippen, terwijl jij in mijn broek naar beneden glijdt.

De eikel van je penis steekt uit je boxershort en ook deze heeft een wat veeleisende glans.

Het is voor een goede reden.

Deze aanblik van je stijve pik windt me plotseling op en ik vraag je om me te likken.

Je buigt voorover en doet het, mijn lippen een beetje openend om mijn clit te vinden.

Je stopt het in je mond zodat het er wat meer uit komt.

Ik had gewoon die aanraking van je tong nodig om me honderd te geven.

Terwijl ik tot rust kom, vraag ik je om je pik met je andere hand te nemen en hem lichtjes te strelen.

Ja, maar ik kan je vertellen dat je meer nodig hebt, het is niet genoeg.

Ik dwing je om op je knieën te gaan om jezelf volledig in mijn mond te nemen, afwisselend likkend vanaf de basis omhoog, op en neer en terug naar de ballen en de binnenkant likkend waar de l is. 'Stap.

Je houdt van wat je ziet als ik op mijn knieën zit, mijn kont is maar een paar centimeter breed en mijn anus is strak en comfortabel.

Ik sta op omdat ik te dicht bij de climax kom.

Ik trek je overeind en je broek gaat over je knieën.

Je hebt je schoenen nog, je stropdas is nog gestrikt, maar je overhemd is aan de onderkant losgeknoopt.

Ik zie graag zoveel mogelijk huid.

Nu je op de been bent, vraag ik je me de rug toe te keren.

Open je benen voldoende om achter je te knielen.

Mijn tong likt je benen, likt je ballen en tot aan de spleet van je kont, likt en draait je tong rond je anus.

Ik haal een vibrator uit mijn zak en vraag of ik hem op je mag gebruiken, maar voordat ik antwoord leg ik hem op je huid.

Met mijn mond liet ik speeksel over mijn kont achter zodat je alles smeerde.

Ik zet het op lage snelheid en laat het door je ballen en tussen de ballen en je lul lopen.

Mijn andere hand loopt tussen je benen en grijpt je pik, streelt hem en streelt hem.

De vibrator zit lekker in je kont.

Ik leg het naast je anus en schuif een van de twee uiteinden, het uiteinde dat ook mijn favoriet is.

Het schuift naar binnen en ik leg het andere uiteinde terug naar het midden, weer achter je ballen, om te zien hoe het gevoel je naar een ander niveau brengt.

Je handen reiken naar het bureau en je ogen zijn gesloten en geven toe aan wat ik wil doen.

Maar ik blijf zo en aai een beetje terwijl ik je door het geroezemoes laat afvragen wat er nu gaat gebeuren.

Ik stop abrupt en zeg dat je je moet omdraaien.

Dat doe je en je gezicht is rood.

Je geniet er echt van en je komt steeds dichter bij de staat die je wilt.

Maar ik vertraag liever om je weer in mijn mond te krijgen.

Ik ben zo heet als de hel en ik verlies de controle

Dus ik laat je voor je zitten en knielen en ik vraag je om je te aaien, maar langzaam.

"Zorg voor mijn liefde."

Terwijl ik voor je kniel en op mijn hielen lig.

Ik zet de vibrator aan en wrijf ermee op de clitoris buiten mijn vagina.

Het kost me minder dan een seconde om een orgasme te bereiken.

Mijn benen en knieën zijn open en ik gooi mijn hoofd achterover en strek mijn kutje met mijn handen zodat je de spieren van mijn orgasme kunt zien bewegen.

Ik houd de vibrator vast tot ik klaar ben en mijn eigen sap overloopt.

Ik kijk naar je en je masturbeert en verhoogt het tempo.

Je tempo is gestegen en het is zo opwindend dat ik kniel en je smeek om op mijn gezicht en borst te komen.

En ja, dat doe je zeker.

Ik kijk hoe de plons van je melk me bereikt.

Maar uiteindelijk gooi je de jets naar het computerscherm en toetsenbord.

We nemen afscheid tot een andere keer en jij zet de webcam uit.

EINDE

65